vivo

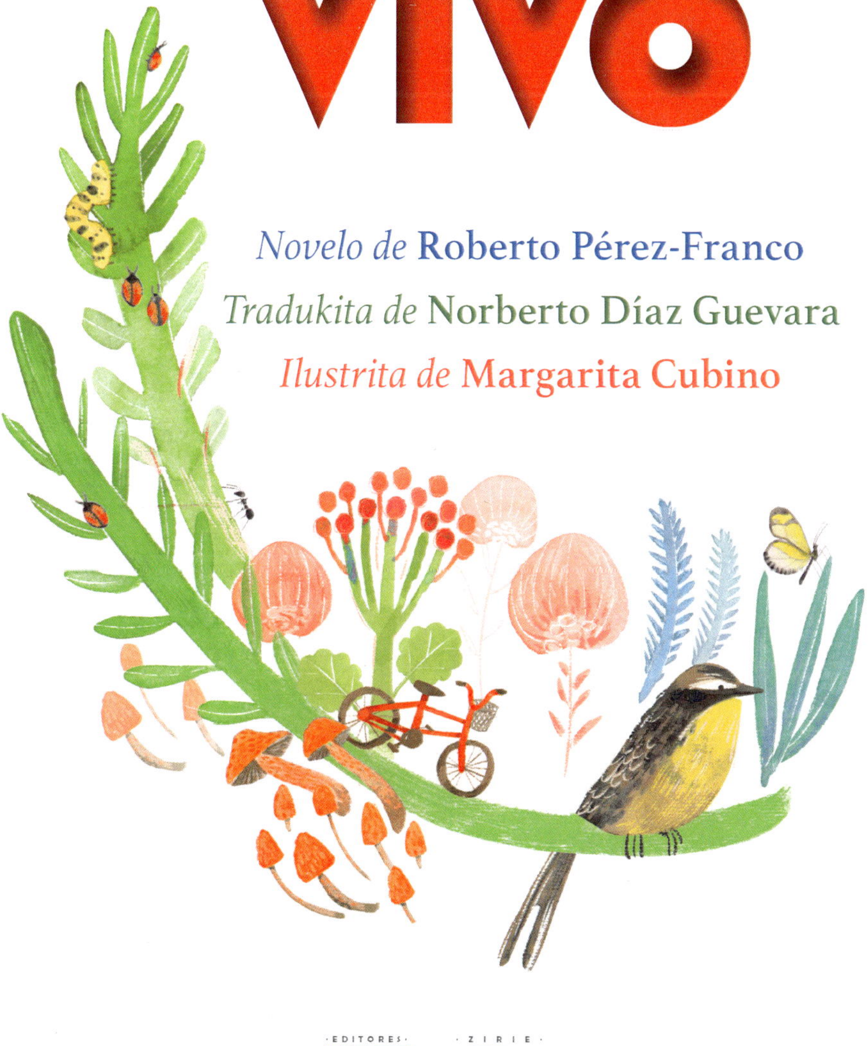

Novelo de **Roberto Pérez-Franco**

Tradukita de **Norberto Díaz Guevara**

Ilustrita de **Margarita Cubino**

al mia patro

Ĉiu vivo estas eksperimento.
– Ralph Waldo EMERSON

La knabo silentas. Lia rigardo zorge iras, preter la herbejoj, al la proksima bordo de la rivero. La akvo, pura kaj malprofunda, malrapide glitas sur la ŝtonoj kovritaj de verda ŝlimo. Nedistingebla disde tiu fono, ripozigante sian korpegon, kuŝas la enorma kaj majesta bufo. Ĝi ne videblas al ordinara okulo, sed evidentas por Hektoro, majstro pri la observado de bufoj, ranoj, igvanoj kaj testudoj.

Li iras kvarpiede, kun la genuoj enpuŝitaj en la koton, kaj pensas kiom liaj samklasanoj envios lin, se li sukcesos kapti tiun belan specimenon. "Kiel granda kaj malbela bufego!", ili diros. Li fiere promenos, portante en la manoj la grandan reĝon de la marĉo. Ankoraŭ unu paŝon pli, kaj la bufo estos atingebla per salto. Veronika rigardos lin fascinite, kun naŭzo al la bufo kaj admiro al li. "Kiel aĉan bufon vi kunportis, Hektoro!", ŝi diros. Kaj la dolĉeco de ŝia voĉo igos tiun riproĉon soni kiel intima laŭdo.

Li sentas ĝin jam proksima,
preskaŭ jam...
preskaŭ...

Nun!

La knabo saltas kiel kato, kun la manoj etenditaj al la bufo, kaj falas vizaĝ-al-tere sur la verdajn ŝtonojn kaj la freŝan akvon, kiu ŝprucas je mil brilantaj gutoj sub la tagmeza suno. La bufo restas kaptita, sendefenda en la zorgemaj manetoj.

Tramalseka kaj dolorigita, li stariĝas. Li kontente levas la bufon kaj longe rigardas la movetojn de ĝiaj kruroj en la aero. Li miras pri ĝia kolosa grandeco. Tutcerte lin envios la tuta klaso. Eĉ pli: lin envios ĉiuj en la lernejo. Kia bonŝanco kapti ĝin! La tutan matenon — ekde la momento, je la fino de la leciono pri sciencoj, kiam instruistino Angelika diris, ke ĉiuj devos kunporti bufon la sekvan tagon — la maltrankvila knabo pensis nur pri tia grandega kaj bela bufo, kiun li multfoje vidis naĝi, salti, kapti moskitojn... nu! Li bone konas ĝin. Li konas ĉiun makulon sur ĝia korpo, ĉiun falton. Li konas ĝiajn kutimojn. Kaŝita inter arbetoj, li delektiĝis per la kontemplado de la ludanta bufo en la rivero. Ĝi estas preskaŭ amiko por li en la libertempaj vesperoj. Kaj nun li havos la ŝancon montri ĝin al Veronika kiel trofeon.

"Vi vidos kiel bela ŝi estas! Ŝi similas etan anĝelon", flustras la eta Hektoro ĉe la malseka kapeto de la bufo, kiu reagas nur per rapida kaj tima palpebrumado.

Kun granda zorgo, li metas la beston en plastan sakon, kaj ekrajdas sian malnovan biciklon, kiu akre grincas laŭlonge de la tervojo kvazaŭ vundita apro, ĝis la alveno al adoba domo staranta meze de la paŝtejo.

Hektoro venas frue en la lernejon tiun tagon, antaŭ ol ĉiuj aliaj. "Veku min frue, panjo, ĉar mi volas alveni kiel la unua!", li diris la antaŭan nokton, dum li metis la bufon enen de malnova traktora pneŭo trancita je la mezo kaj plena de akvo, ĉe kiu kutime trinkis la kokinoj dum la helaj taghoroj. La knabeto saltis el la lito. Li rapide banis sin, en la kruda banejo sentegmenta, dum la steloj brilis super lia kapo. Li matenmanĝis — taseton da kafo, duonon de freŝmaiza tortiljo —, lavetis la buŝon, kaj gaje ekbiciklis, kiam la suno estis apenaŭ anoncanta sian alvenon per brileto super la malproksimaj montetoj.

Hektoro atendas ĉe la pordo de la klasĉambro, kun sia bufo metita en la plasta sako, kaj li de tempo al tempo malsekigas ĝin por ke ĝi sentu sin komforte. La bufo baraktas en la sako, malkvieta pro la brua aktiveco. Unu post la alia alvenas la samklasanoj, kaj al ĉiu li montras sian imponan bufon.

"Vidu mian bufeton", li krias al ĉiu alveninto.

Ĉiufoje la reago estas la sama: esprimo de surprizo, maldeca ekkrio kaj la nepra tuja peto:

"Lasu min vidi ĝin; lasu min preni ĝin! Ho, Hektoro!"

Kaj Hektoro rifuzas tion fari, kun ĝeno kaj egoismo, mastro de la situacio kaj ĝoja pro la envio kaj la granda tumulto. Ĉirkaŭ li kaj lia bufo amasiĝas infanoj en uniformo. Alveninte, instruistino Angelika alproksimiĝas al la infana rondo. Kaj post la komenca ektimo, ŝi gratulas la sorisantan Hektoron pro la grandioza trovaĵo.

"Ĝi estas iom maljuna, Hektoro, sed ĝi utilos", ŝi diras karesante al li la malkombitan kapeton.

La knabo, plena de fiero, kapjesas. La instruistino malfermas la pordon. La infanoj eniras, kaj ili eksidas.

"Metu ĉiun bufon sur tablon, infanoj".

Hihiado aŭdeblas tra la salono. La bufoj
aperas el poŝoj, sakoj, vitraj ujoj, kaj ili estas
metataj sur la lignajn tablojn. Tiuj infanoj, kiuj
ne havas bufon — eble ĉar ili trovis neniun aŭ
pro naŭzo ne kaptis iun — moviĝas al la tablo
de samklasano. Veronika ne havas. Hektoro
rimarkas tion kaj, per tenera gesto, invitas
ŝin alproksimiĝi al lia tablo. La knabino
stariĝas, sorisas kaj sidiĝas apud la reĝo de
la marĉo, la grandega bufo, kiu rigardas ilin
time, ŝveligante kaj malŝveligante la haŭton
kiu pendas de la blanketa kolo. Instruistino
Angelika stariĝas, kaj parolas.

"Infanoj, hodiaŭ ni lernos pri bi-o-lo-gi-o.
Biologio estas la studado de la vivo. Bio, vivo.
Logio, studado. Biologio. La studado de la vivo.
Hodiaŭ ni studos la vivon."

Hektoro gape aŭskultas. Kaj li klopodas
kompreni la vortojn de la instruistino, kiuj
ŝajnas al li grandaj kaj saĝaj. Li ĝojas, ke
la leciono temos pri io, kion li bone konas:

la Vivo. Li multon scias pri la Vivo. Li jam perceptis ĝin tre proksime, ho, jes! Li observis ĝin en la rivero, en formo de etaj arĝentkoloraj fiŝoj. Li palpis ĝin sur la verda felo de subakvaj ŝtonoj. Li sentis ĝin flirti sur la flugiloj de ludemaj libeloj, kiuj ŝvebis super la akvo. Li vidis ĝin fortimigitan ĉe survojaj perdrikoj, kiuj ekflugis ekaŭdinte liajn leĝerajn paŝojn. Li flaris ĝian aromon per la milda parfumo de la kamparaj floroj. Li frandis ĝian guston en la flava nektaro de matura mango. Li admiris ĝiajn kolorojn en la flugiloj de papilioj. Kaj ĝian batadon en la kolo de sia amiko la bufo, kiu ŝveliĝas kaj malŝveliĝas kiel la akordiono de la maljuna Ĉenĉo dum la nokto-festoj en la vilaĝo. La Vivo... ĉu ne estas la Vivo, kio humidigas per roso la paŝtejon en la matenoj, kiam li trairas ĝin bicikle? Ĉu ne estas la Vivo, kio flamas sur lia haŭto, kiam la suno varmigas liajn ludojn en la rivero? Ĉu ne estas la Vivo, kio ŝtopas lian gorĝon, kiam Veronika rigardas lin? Tio devas esti. Jes. Pri tio parolos instruistino Angelika. Pri la Vivo...

"Pro tio mi petis al vi kunporti bufon, junan bufon. Ĉu ĉiuj kunportis?"

La 'jeso' de Hektoro kuniĝas al la lavango de 'jesoj', kiu falas sur la instruistinon. Sed li krias tiom laŭte, ke lia voĉo malsukcesas en la fino kaj iĝas longa kriĉo, kiu igas Veronikan longe ridi. Hektoro ruĝiĝas pro honto!

"Tion mi vidas, tion mi vidas. Gratulojn. Tre bone. Hektoro, via bufo estas iom pli granda kaj maljuna. Tio povos malfaciligi la taskon. Ĉu vi memoras, ke mi diris, ke la bufo devas esti juna?"

Hektoro denove ruĝiĝas. Ke la instruistino riproĉas lin antaŭ la klaso, ĉefe antaŭ la knabino, hontigas lin. Ne temis pri forgeso. Li havis gravajn kialojn por elekti tiun bufon anstataŭ iun junan. Unue, tiu bufo ne estas iu ajna bufo: ĝi estas la reĝo de la marĉo, la plej granda kaj bela bufo en la tuta mondo. Due, li bone konas tiun bufon, tiel bone kiel oni konas amikon, kaj li scias, ke ĝi ne seniluziigos lin: ĉu kurante, ĉu naĝante, ĝi estos la venkinto.

Kaj trie, ĝi estas mirinda bufo, ĉi tie kaj ĉie!
Neniu juna bufeto povos venki ĝin. Valoras
la peno elteni la riproĉon de la instruistino.
Ajnokaze, tiel lia bufo vidos la lernejon, kien
li iras ĉiutage. La pasintan vesperon, dum
la bufo naĝis en la traktora pneŭo, Hektoro
planis promenigi la bufon tra la tuta lernejo
post la leciono pri scienco, kun la duobla
celo veki la envion de la plej multaj personoj
kaj montri al sia amika bufo ĉiujn sekretajn
angulojn de la konstruaĵo. Ekzemple, la
ĉambro kie oni stokas la laborilojn, kie en
pasinta tago li trovis grizan museton. Aŭ
la muron, sur kiun li ruĝkrajone skribis la
nomon de Veronika ene de desegnita koro. Aŭ
ankaŭ la...

"Kion ni faros hodiaŭ, infanoj, estas dissekci
amfibion, ĉi-okaze bufon, por studi ĝiajn
internajn partojn. Jen, Hektoro. Ni komencos
per via bufo. Ĉar ĝi estas maljuna, malfacilus
al vi sencerbigi ĝin vi mem. Lasu min fari
tion."

Hektoro, kiu mense promenadis kun sia bufo tra la koridoroj de la lernejo, reagas iom malfrue. Li ne aŭskultis la instruistinon.

"Kion vi diras, instruistino?", demandas Hektoro, kun honto.

"Mi diras, ke ni dissekcos unue vian bufon. Jen, kunportu ĝin ĉi tien..."

"Ĉu sekigi ĝin? Instruistino, se vi sekigos ĝin, ĝi mortos. Mi vidis bufojn sur ŝtonoj apud la rivero, sekajn kiel ledopeco."

"Ni ne sekigos ĝin, Hektoro. Mi diris, ke ni dis-sek-cos ĝin", klarigas la instruistino.

La knabo, ne kompreninte la diferencon, obeas pro kutimo. Li stariĝas, prenas sian bufon — kiu momente rigardas Veronikan per siaj olivverdaj okuloj — kaj iras ĝis la pupitro de la instruistino.

"Do, ni komencu...", flustras instruistino Angelika. "Restu proksime, Hektoro, por ke vi lernu, kiel fari tion. Atentu, infanoj. Unue oni prenas ĉi tiun pikilon, kaj penetrigas ĝin en la mjelon de la bufo.”

La knabo, ekvidinte la grandegan pikilon
brili inter la delikataj fingroj de la virino,
intuas danĝeron, sed tenas sin pro respekto.
Eble ne temas pri tio, kion li pripensas. Estas
pli bone atendi. Instruistino Angelika estas
bona. Ŝi ne vundos lian bufon.

“Ĉiuj venu ĉi tien, pli bone. Alproksimiĝu,
infanoj. Faru rondon ĉirkaŭ mi. Trankvile,
trankvile! Bone. Unue, kiel mi diris, ni firme
prenas la pikilon kaj tenas ĝin ĉi tien, ĝuste ĉi
tien sur la kolo de la bufo, por forte penetrigi
ĝin. Sekve, ni metos ĝin tra la vertebra
kanalo kaj krak!, ni turnos ĝin unuflanke kaj
aliflanke, por rompi la spinon kaj dispartigi la
mjelon. Tiam ni prenos la bufon kaj renversos
ĝin”, diras la instruistino, prenante la bufon
kaj turnante ĝin, “por ĝin malfermi, per ĉi
tiu skalpelo, kaj studi la digestan sistemon,
la sangocirkulan sistemon, kaj la spiran
sistemon... do, ĉiujn sistemojn. Mi kunportis
kelkajn bildojn por vi...”

La instruistino lasas la bufon renversitan, kaj prenas grandajn paperrulaĵojn, kiujn ŝi antaŭe lasis sur la planko. Hektoro sekvas ŝin per la rigardo, kun granda timo. Liaj grandaj okuloj ankoraŭ pli grandiĝas vidante la bildon, kiun la instruistino fiksas sur la tabulon per glubendo, kiu montras dissekcitan bufon, krucumitan per pingloj, kaj kies intestoj klare videblas.

"Nun ni mem faros tion. Rigardu ĉi tien, ĉar la bildo ne foriros. Atentu, ĉar poste estos via vico fari tion solaj, kaj mi ne helpos vin. Ĉu bone? Jen… la bufo de Hektoro."

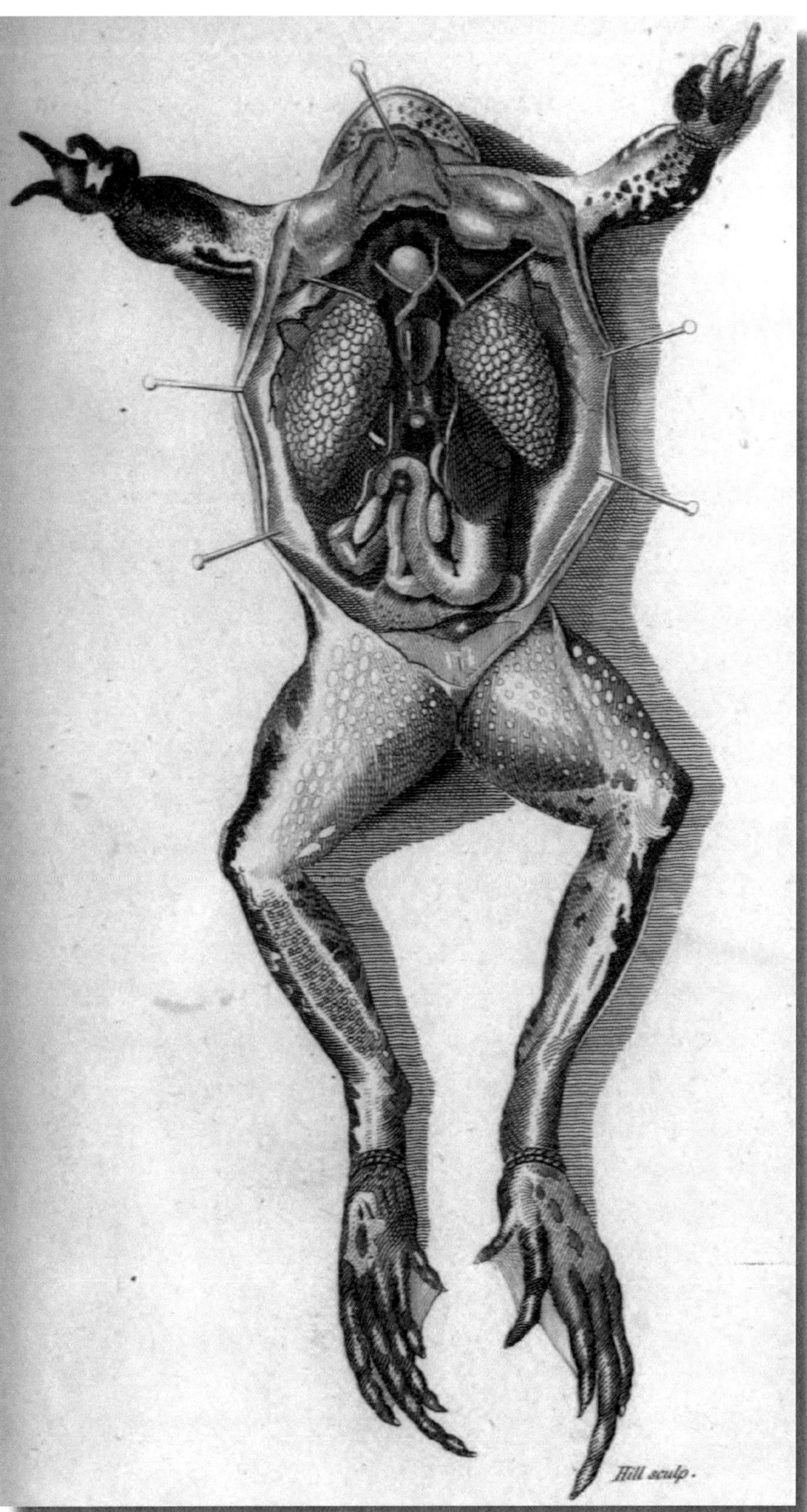
Hill sculp.

"Instruistino!", krias Hektoro, kun larmoj en la okuloj. "Kion vi faros al mia bufo?"

"Kio okazas al vi, infano? Kial vi ploras?", ŝi demandas, iom surprizita. "Mi jam diris, ke mi dissekcos ĝin, por ĝin studi kun vi."

"Sed ne... mi... mi ne volas. Vi diris, ke ni studos la vivon, sed ne, ke ni mortigos mian bufon."

"Estas la sama afero. Por studi la amfibiojn ni devas mortigi kelkajn, por ebligi al ni vidi iliajn partojn."

"Ne... mi kunportis ĝin ne por tio... vi mensogis al mi!", riproĉas la ploranta knabo, kaj samtempe forprenas la grandan bufon el la manoj de la instruistino. "Vi diris, ke ni studos la vivon, ne la morton..."

Hektoro kuras ekster la salonon kaj fuĝas rapide per sia biciklo. Malantaŭe restas la instruistino, vokante lin laŭte.

N.E
Ti A.V GI.S.L
a)
N.E.
E
I.L

La akvo fluas serene, senhaste, en la rivero. La ŝaŭmo desegnas arabeskojn en la akvokirloj. La libeloj dancas sur la herbaĵoj. Flavbrusta birdo saltas inter la branĉoj de floranta arbo. Kaj kuŝante ĉe la piedo de la arbo, Hektoro kontemplas la ludadon de la birdeto. Li ekaŭdas branĉon rompiĝi kaj alrigardas: jen Veronika. Ŝi salutas lin kaj ekkuŝas apud li.

"Ĉu vi ankoraŭ havas la bufon?"

Hektoro montras ĝin al ŝi, kaptitan en liaj malfortaj manoj.

"La instruistino serĉas vin. Ŝi markis vin kiel "fuĝinton" kaj diras, ke ŝi parolos kun via patrino."

La knabo levas la ŝultrojn kaj diras: "Tio ne gravas al mi." Kaj ridante aldonas: "Morgaŭ ŝi ne plu memoros."

"Ĉu vi konservos la bufon?"

"Ne. Tiu ĉi estas ĝia hejmo. Mi liberigos ĝin nun en la rivero... kie mi kaptis ĝin. Venu kun mi."

Ili paŝas al la rivero.

"Oni mortigis ĉiujn aliajn bufojn", rakontas la knabino kun gesto de malplaĉo. "Estis ĉirkaŭ dudek. Puaf! Kia naŭzo..."

Hektoro mallevas la kapon kaj silentas kelkajn minutojn. La knabino metas sian montrofingron sub lian falintan mentonon, igas lin levi la rigardon, kaj kisas lin. Sekve ili ambaŭ rid-eksplodas. La knabo levas la bufon kaj movas ĝian krureton por adiaŭi la knabinon. La infanino adiaŭas mangeste. La bufo, je la unua tuŝo de la akvo, komencas movi siajn krurojn furioze, kaj foriras per rapida naĝo. La du infanoj longe rigardas ĝin, ĝis ĝi malaperas en la konfuza fundo de la marĉo. Ili plu rigardas, silente, la verdan nenion, tra kiu ĝi malaperis.

"Ĉu vi ŝatus, ke mi montru al vi
la Vivon, Veronika?", demandas Hektoro.

"Kompreneble! Ĉu vi povas?", ŝi diras, per
dolĉa voĉo.

Li kapjesas. Li prenas ŝian manon kaj
piediras kun ŝi ĝis proksimaj floretoj, kie
kelkaj flavaj papilioj flirtas maltrankvilaj.

Maltrankvilaj kiel la koro de Hektoro,
kiu kunportas la Vivon ŝtopanta la
gorĝon.

FINO

La ĵurio de la Nacia Novelpremio *José María Sánchez* 1999 taksis la novelon *Vivo* «literatura juvelo inda je la plej altnivela antologio pro sia homa varmeco, pureco kaj formala perfekteco». Melquíades Villarreal Castillo diris, ke ĝi estas «unu el la plej bonaj noveloj verkitaj en Panamo», kiu «prezentas, en simpla maniero, la esencon de la homa ekzisto», kaj ke ĝia aŭtoro estas «certe unu el la plej bonaj panamaj novelistoj». Enrique Jaramillo Levi opinias la novelon «speco de 'klasikaĵo' de la novaj generacioj, pro la intensa homa sperto rakontata en senmakula tradicia strukturo per simpla kaj tre preciza lingvaĵo... nepra legaĵo por ĉiu, kiu volas scii, kiel oni belege rakontu novelon». La eldonisto Mónica Mora — kiu publikigis *Vida* en 2022 kiel libron, kun ilustraĵoj de Margarita Cubino, sub la marko Perezoso Editores — agnoskis, ke post la unua legado ŝi pensis, ke ĝi estas «la plej bela verko, kiun mi legis en mia vivo».

pri soriso kaj sorisi

En Esperanto oni tradicie uzas la kunmetaĵojn *rideto* kaj *rideti* por esprimi tion, kion oni esprimas en la hispana per *sonrisa* kaj *sonreír*, en la itala per *sorriso* kaj *sorridere*, en la portugala per *sorriso* kaj *sorrir*, en la franca per *sourire*, en la angla per *smile*, en la germana per *lächeln*, en la pola per *uśmiech*, en la greka per χαμόγελο, ktp. Tiu tradicia uzo de *ridet-* antaŭsupozas, ke tio estas malpli alta grado de grandeco aŭ intenseco de *rid-*, kiel montras la ekzemplo elektita de Zamenhof por *et-* en la **Fundamenta Vortaro.** Tiu antaŭsupozo —kvankam ŝajne natura por homoj, kies denaskaj lingvoj montras simile gradan rilaton inter la du ideoj— ne venas nature al mi, kiel parolanto de la hispana kaj la angla. Mi pensas, ke *rideti* —ĉar ĝi esprimas malpli altan gradon de grandeco aŭ intenseco de *ridi*— pli nature signifus «malpli intense aŭ malpli laŭte ridi» ol «malstreĉi la vizaĝajn trajtojn, kun ioma disiĝo de la lipoj kaj malvastiĝo de la okuloj, por esprimi ordinare afablajn sentojn» (PIV 2020). Dum la tradukado de mia verkaro al Esperanto, frustregis min, ke la hispanaj vortoj *risita* kaj *sonrisa* (kiuj esprimas tute malsamajn ideojn) kunfandiĝas en la Esperantan vorton *rideto*. Kiel verkisto, ne eblas al mi toleri tion. Tial, post diskuto kun eminentaj Esperantistoj, mi decidis proponi la neologismojn *soriso* kaj *sorisi* por esprimi tion, kion oni pli tradicie (sed malpli klare) esprimas per *rideto* kaj *rideti*. Pri la decido uzi tiujn neologismojn en la tradukado de *Vivo* kaj miaj aliaj tekstoj respondecas nur mi kiel la aŭtoro, ne la tradukisto, nek la reviziantoj. Plia informo: roberto.au/sorisi

R.P-F.

Roberto Pérez-Franco

roberto.perez-franco.com

Naskiĝis en Chitré, Panamo, en 1976 kaj Esperantistiĝis en 1998.
Aŭtoro de kvin novelaroj. Verkis *Vida* en la hispana en 1998.
En 2005, li ricevis la Nacian Novelpremion *José María Sánchez*.
Elektromekanika inĝeniero el la Teknologia Universitato de Panamo,
li magistriĝis pri Loĝistiko kaj doktoriĝis pri Sistemoj de Inĝenierado
en la Massachusetts Institute of Technology (MIT). Loĝis 12 jarojn
en Bostono, studante kaj laborante en MIT. Migris al Melburno,
Aŭstralio, en 2017, kie li loĝas kun siaj edzino kaj filo.

Margarita Cubino

www.margaritacubino.com

Naskiĝis en la kvartalo Villa Lugano, en Bonaero, Argentino, en
1989. Estas ilustristo kaj dezajnisto diplomita de la Universitato
de Bonaero, kie ŝi nun instruas Eldon-Ilustradon kaj Grafikan
Dezajnon. Ilustris librojn por eldonejoj en Argentino, Brazilo kaj
Usono. Ilustris por televidaj kanaloj kiel Paka Paka, Encuentro,
Nickelodeon kaj Cartoon Network. Partoprenas en grupoj, kiel
la Anuario de Ilustradores, La vuelta al mes en 30 ilustradores,
Arenero, kaj la feminista grupo de dezajnistoj Hay Futura.

Novelo de Roberto Joaquín Pérez-Franco (1998)
roberto@perez-franco.com
roberto.perez-franco.com

Traduko de Norberto Díaz Guevara kaj la aŭtoro,
reviziita de Jorge Rafael Nogueras, Erin Piateski
kaj István Ertl (2024)

Ilustraĵoj de Margarita Cubino (2022)
hola@margaritacubino.com
margaritacubino.com

Anatomia bildo de sekcita rano: Hill (1802)
prenita el *General Zoology*, Volumo 3, Parto 1, Bildo 30

Pri la unua eldono
Perezoso Editores eldonis *Vida* kiel ilustritan libron
en la hispana en 2022 en Panamurbo, Panamo.
- Eldono: Mónica J. Mora
- Arta reĝisorado: Román Flórez M.
- Grafika dezajno kaj bildarango: Juan A. Tarté
- Dankojn al Randy Navarro B.
perezosoeditores@gmail.com

Pri tiu ĉi dua eldono
Roberto Pérez-Franco (sub lia marko **Zirie**) preparis tiun
ĉi duan eldonon, en Esperanto kaj aliaj lingvoj, en 2024
en Melburno, Aŭstralio, kun la permeso de Perezoso
Editores kaj surbaze de ties belega unua eldono. La
aŭtoro dankas al Norberto Díaz Guevara, Jorge Rafael
Nogueras, Erin Piateski, István Ertl, Mónica Mora kaj
Margarita Cubino.
correo@zirie.art www.zirie.art